DISCOURS

COMPOSÉ PAR CLERC

ET

LU PAR M.ʳ GALLAUDET,

A L'EXAMEN DES ELÈVES DE L'ASILE ÉTA-

BLI DANS LE CONNECTICUT

DEVANT LE GOUVERNEUR

ET LES DEUX CHAMBRES DE LÉGISLATURE,

Le 28 Mai 1818.

Traduit de l'anglais, par B. Pissin,
élève de l'Abbé Sicard.

GENÈVE,

J. J. Paschoud, Imprimeur-Libraire.

PARIS,

Même Maison de Commerce, rue Mazarine, n.º 22.

1818.

A

Madame la Comtesse de BRUCE.

Madame la Comtesse,

L'amour de l'humanité, qui est la vie de votre belle âme, vous a fait voir avec admiration le père selon la grâce des sourds-muets de naissance, et avec attendrissement ces êtres disgraciés par la nature, qu'il a si heureusement rendus à la société et à la religion.

J'ai cru que vous ne liriez
pas sans le plus vif intérêt le
premier essai littéraire d'un des
meilleurs élèves du si justement
célèbre abbé Sicard.

Daignez, Madame la Comtesse,
agréer l'hommage de la traduction que j'en ai faite, comme
une foible marque du sincère at-
tachement et du dévouement sans
bornes de celui qui ose se dire

de Madame la Comtesse

le très-humble et très-obéissant
serviteur

B. PISSIN,

Elève de l'abbé Sicard.

AVIS.

Le discours suivant est entièrement la
production originale de M. Laurent Clerc,
qui est né sourd, et qui n'a jamais entendu
un son, ni prononcé la phrase la plus
simple. Après avoir été instruit et élevé,
dans l'espace de huit années, par le célèbre abbé Sicard, directeur de l'Institution Royale des sourds-muets de Paris;
M. Clerc fut professeur, pendant huit
autres années, dans la même institution.
Dans l'asile établi à Connecticut, en fa-
veur des malheureux sourds-muets de
naissance; un examen public des élèves
eut lieu le 28 mai. A la demande de MM.
les directeurs, M. Clerc avoit préparé
ce discours, qui fut prononcé par son
ami M. Gallaudet. C'est ce dernier qui a

l'honneur de faire savoir au lecteur que
l'on n'y a fait que très-peu de change-
mens, et seulement dans quelques façons
de parler particulières à la langue anglaise, mais sans altérer l'originalité
des pensées, du langage ou du style de
l'auteur.

Hartford, le 1.er juin 1818.

DISCOURS,

Composé par CLERC (1), et lu par M. GALLAUDET, à l'examen des élèves de l'asile établi dans le Connecticut, devant le Gouverneur et les deux Chambres de Législature, le 28 mai 1818.

<span style="text-align:center">~~~~~~~</span>

MESDAMES ET MESSIEURS,

Le tendre intérêt que vous voulûtes bien prendre à notre exercice public de l'an passé, et le désir que vous avez témoigné de le voir se renouveler, m'ont encouragé à écrire ce discours, que MM. les directeurs de l'asile m'avoient demandé. Je m'étois d'abord proposé de n'écrire que deux ou trois pages, afin de ne pas fatiguer votre attention; mais mes pensées m'ont entraîné plus loin ; j'ose me flatter que vous écouterez avec bienveillance les détails dans lesquels je suis entré, et que vous les agréerez comme une foible marque

____

(1) Laurent Clerc, sourd-muet de naissance, élève de l'abbé Sicard, fondateur de l'institution établie dans l'état de Connecticut.

de notre reconnoissance, pour les faveurs dont vous avez daigné combler et nos élèves et leurs professeurs.

L'origine de la découverte de l'art d'instruire les sourds-muets de naissance est si peu connue dans ce pays, que je crois nécessaire d'en dire quelque chose. Je vous ferai ensuite une esquisse rapide de notre système d'instruction ; et, comme il y a parmi vous des personnes qui s'imaginent que la vue des sourds-muets, ou les conversations que l'on est dans le cas d'avoir à leur sujet, peuvent en augmenter le nombre, vous jugerez si cette opinion est juste ; enfin vous apprécierez l'importance de l'éducation de ces êtres infortunés.

Une dame de Paris, dont je ne me rappelle pas le nom, avoit, parmi ses enfans, deux filles sourdes-muettes. Le père Famin, membre de la Doctrine chrétienne, qui connoissoit cette famille, essaya, sans méthode, de remplacer chez les deux infortunées l'ouie et la parole. Mais il fut enlevé par une mort prématurée, avant d'avoir pu obtenir quelque succès marqué. Les deux sœurs, aussi bien que leur mère, étoient inconsolables de cette perte, lorsque, par un bienfait de la divine Providence, un heureux événement rétablit toutes choses. L'abbé de l'Epée, aussi membre de la Doctrine chrétienne, eut occasion d'aller dans cette maison. La mère étoit absente; en attendant son retour, il voulut entrer en conversation avec les deux jeunes personnes ; mais leurs yeux demeurèrent fixés sur leur aiguille, et elles ne répondirent rien. En vain renouvela-t-il ses questions ; en vain haussa-t-il la voix : elles gardoient le silence, et osoient à peine lever les yeux sur lui. Il ignoroit que les deux jeunes personnes à qui il s'adressoit avoient été condamnées par la nature à ne jamais entendre, à ne jamais parler. Déjà il les accusoit d'impolitesse et d'incivilité, et se disposoit à sortir. Sur ces entrefaites, la mère rentra, et tout fut expliqué. Le bon abbé partagea son affliction, et sortit plein du projet de remplacer le père Famin.

La première idée d'un grand homme est un germe toujours fécond. L'abbé de l'Epée connoissoit à fond la grammaire française ; il savoit que toute langue est une collection de signes, comme une suite de dessins est une collection de figures, une représentation d'un grand nombre d'objets ; et il s'aperçut que les sourds-muets pouvoient tout représenter par des gestes, comme on peint tout par des couleurs, comme on nomme tout par des mots ; il remarqua que tout objet a une forme,

que toutes les formes peuvent être imitées ;
que les actions frappent notre vue, et que nous
pouvons les représenter par des gestes imita-
teurs ; sachant que les mots ne sont que des
signes de convention, il comprit que les gestes
pouvoient être des signes pareils, et qu'il
pouvoit par conséquent y avoir une langue de
gestes, comme il y en avoit une de mots. Nous
pouvons établir comme un fait probable, qu'il
y a eu un temps où l'homme n'avoit que des
gestes pour exprimer les émotions et les affec-
tions de son âme. Il aimoit, il désiroit, il es-
péroit, il imaginoit, il réfléchissoit, et les mots
pour exprimer ces opérations lui manquoient
encore. Il pouvoit exprimer les actions rela-
tives à ses organes, mais le dictionnaire des
actes purement intellectuels n'étoit pas encore
commencé.

Plein de ces idées génératrices, l'abbé de
l'Epée ne tarda pas à revoir la malheureuse
famille. Avec quel plaisir ne fut-il pas reçu !
Il réfléchit, il imita, il crayonna, il écrivit,
croyant n'avoir qu'une langue à enseigner,
tandis qu'il avoit deux âmes à créer ! Qu'ils
furent pénibles, qu'ils furent difficiles, les
premiers essais de l'inventeur ! Privé de tout
secours dans une carrière hérissée d'épines et
d'obstacles, il fut souvent embarrassé, mais

jamais découragé. Il s'arma de patience et réussit enfin à rendre ses élèves à la société et à la religion.

Plusieurs années après, et avant que sa méthode eût atteint toute la perfection dont elle étoit susceptible, la mort ravit cet excellent père à la reconnoissance de ses enfans. L'affliction fut dans tous les cœurs. Heureusement l'abbé Sicard, qui fut choisi pour son successeur, vint tarir la source de leurs larmes. A de profondes connoissances, il joignoit un génie très-inventif. Toute invention, toute découverte, quelque digne d'éloges qu'elle soit, n'est jamais parfaite dans son origine. Le temps seul peut la perfectionner. Les habits, les souliers, les chapeaux, les montres, les maisons et toutes les choses que nous tenons de nos aïeux, ne furent pas d'abord aussi élégantes, aussi perfectionnées qu'elles le sont aujourd'hui. Il en fut de même de la méthode de l'abbé de l'Epée. M. Sicard la revit ; il rendit parfait tout ce qui restoit à inventer, et eut le bonheur de laisser loin derrière lui tous les disciples de son prédécesseur. Ses élèves sont dignes de lui, et je crois qu'ils ne sont plus malheureux. Plusieurs sont mariés, et ont des enfans qui sont doués de tous leurs sens, et qui seront les consolateurs et les soutiens de leurs parens dans leur vieillesse. (Ce n'est qu'aux États-Unis que j'ai vu un ou deux sourds-muets ayant quelques-uns de leurs enfans aussi sourds-muets. Cela prouve-t-il que les Américains sont plus malheureux que les Européens? — Point du tout. C'est le résultat des causes naturelles que je développerai bientôt.)

D'autres sourds-muets sont les instituteurs de leurs compagnons d'infortune; il y en a qui sont employés dans les bureaux du gouvernement et autres administrations publiques; d'autres sont devenus bons peintres, bons sculpteurs, bons graveurs, bons ouvriers en mosaïque; on en voit qui exercent des arts mécaniques; quelques autres enfin sont commerçans et font parfaitement leurs affaires. C'est l'éducation qui les a mis à même d'exercer ces diverses professions; et c'est ce qu'un sourd-muet sans éducation ne pourra jamais faire.

Parlons maintenant de l'instruction, et voyons de quelle manière M. Sicard fit mon éducation. En lisant ou en attendant ce qui suit, vous pourrez connoître comment nous élevons les sourds-muets américains.

La vue de tous les objets qui peuvent être mis sous les yeux des sourds-muets. La représentation de ces objets, soit par le dessin, la

peinture, la sculpture, soit par les signes naturels que les sourds-muets emploient ou in-
ventent eux-mêmes, ou qu'ils comprennent
avec une égale facilité. L'expression de la volonté et des passions par le simple mouvement
des traits du visage combinés avec l'attitude
et les gestes du corps. L'écriture, ou à la
main, ou imprimée, ou représentée par des
signes de convention pour chaque lettre, ou
même simplement figurée en l'air, offrirent
à M. Sicard plusieurs moyens d'instruire les
êtres infortunés à qui il avoit résolu de con-
sacrer sa vie. Il découvrit ensuite, et s'assura
par sa propre expérience, qu'il est possible
de faire parler les sourds-muets, par l'imita-
tion du mouvement des organes de la parole;
et ce mouvement, ce n'est que par les yeux
qu'ils peuvent le saisir, et le transmettre à
leur intelligence. Il vit qu'ils pouvoient ainsi
saisir et rendre les sons des mots qu'ils ne
comprenoient pas. Mais ce langage artificiel
des sourds-muets, ne pouvant être ni entièrement perfectionné, ni modifié et réglé par le
sens de l'ouïe, est presque toujours très-pé-
nible, dur et discordant, et comparativement
inutile. Il n'a ni la rapidité, ni l'énergie des
signes, ni la précision de l'écriture. Cette
partie artificielle de l'instruction des sourds-

muets parut donc à l'abbé Sicard très-bornée, et d'un avantage médiocre.

Il vit cependant avec le plus grand intérêt, dans son voyage en Angleterre, où je l'accompagnai, le degré de perfection auquel ce mouvement mécanique est parvenu à imiter la parole, suivant la méthode de M. Braidwood, et par les talens et les soins du docteur Watson, à Londres. Il entendit plusieurs de leurs élèves dont la voix n'avoit rien de très-désagréable. Le docteur Watson fit observer à M. Sicard que ce langage artificiel étoit un expédient, qui avoit paru d'une utilité particulière aux sourds-muets sans fortune ; parce que les enfans de cette classe sont placés dans des manufactures, et peuvent, par ce moyen, communiquer plus facilement avec leurs maîtres. Ce motif de convenance parut à M. Sicard mériter la plus grande attention ; mais s'il s'agit de développer l'intelligence des sourds-muets, afin d'atteindre le but important de leur donner, dans la société, le rang qu'ils y auroient eu, s'ils n'avoient pas été privés du sens de l'ouïe et de l'usage de la parole, sa propre expérience et celle de ses élèves lui ont complètement démontré que rien ne peut remplacer en eux leur langage naturel (celui des signes), dont toutes les langues parlées ou

écrites ne sont pour eux que des traduc-
tions.

Le langage des signes doit donc fixer l'attention de tout homme instruit qui s'occupe
du perfectionnement des diverses parties de
l'instruction publique : ce langage, aussi simple
que la nature, est capable de s'étendre comme
elle, et n'a d'autres bornes que celles de la
pensée de l'homme. Ce langage est universel ;
et les sourds-muets, de quelque pays qu'ils
soient, se comprennent l'un l'autre, aussi
bien que vous vous comprenez, vous qui en-
tendez et qui parlez ; mais ils ne sauroient
vous comprendre : c'est pourquoi nous les
instruisons, afin qu'ils puissent s'entretenir
avec vous, en faisant de l'écriture l'usage
qu'ils feroient de la parole, et afin qu'ils puissent connoître les vérités et les mystères de
la religion.

Les premiers pas de M. Sicard, et les difficultés que lui présentèrent ses élèves, lui
firent bientôt sentir la nécessité de procéder
par la méthode la plus exacte, et de fixer dans
leur mémoire, d'une manière ineffaçable, les
idées et les connoissances qu'ils acquéroient
progressivement ; en sorte que ce qu'ils savoient
déjà eût une liaison immédiate avec ce qu'ils
devoient apprendre ; parce que ses élèves ne

pouvoient pas le comprendre si la leçon qu'il vouloit leur donner ne coïncidoit pas avec celle qu'ils venoient de recevoir; par-là ils arrêtoient sa marche, et il ne pouvoit atteindre son but qu'en renouant la chaîne de leurs idées, et en procédant constamment et sans interruption du *connu* à *l'inconnu.* C'est par ce moyen qu'il parvint à leur faire comprendre la langue du pays dans lequel il les instruisoit. Cette méthode naturelle est applicable à toutes les langues; elle suit la route la plus sûre et la plus courte, et peut être appliquée à tous les moyens de communication qui existent entre les hommes.

C'est par cette méthode que M. Sicard a amené les sourds-muets à la connoissance de toutes les espèces de mots dont une langue est composée, de toutes les modifications de ces mots, de leurs variations et de leurs différens sens; enfin, de leur influence réciproque.

De cette manière, les noms deviennent, pour les sourds-muets, les signes de tous les objets de la nature. Les mots qui indiquent des qualités deviennent les signes des accidens, des variations et des modifications qu'ils aperçoivent dans les objets. M. Sicard leur a fait comprendre que les qualités peuvent être considérées comme détachées de l'objet; par-là, l'adjectif est beaucoup mieux défini que dans les grammaires écrites pour la jeunesse; et c'est par-là aussi que les sourds-muets ont été si rapidement amenés à la science de l'abstraction. D'ailleurs, M. Sicard leur fit concevoir que les qualités qui, à leurs yeux, paroissent inhérentes aux objets, peuvent en être détachées par la pensée; mais qu'ensuite il étoit nésessaire de les réunir aux objets, et ils indiquèrent eux-mêmes la nécessité de cette réunion par une ligne. M. Sicard leur a appris que, dans toutes les langues, cette ligne est traduite par un mot qui affirme l'existence; en français, par le verbe *être;* en anglais, par le verbe *to be.*

Arbre————————————vert.

ou

Arbre   est   vert

a également représenté à leur esprit l'objet réuni avec sa qualité, ou la qualité inhérente à l'objet.

M. Sicard leur a ensuite fait comprendre la nature du verbe, et après leur avoir fait concevoir que le verbe peut exprimer soit une existence, soit une action présente, passée ou future, il les a conduits au système de la conjugaison, et à toutes les modifications du

2

passé et du futur, adoptées dans toutes les langues écrites ou parlées; système admirable où l'on reconnoît l'influence du génie et des pensées de tous les siècles.

C'est à ce système, qui embrasse toutes les combinaisons possibles, qui réunit toutes les pensées, que le langage des sourds-muets s'adapte avec une facilité merveilleuse. Les preuves qu'en donnent les élèves de l'abbé Sicard, sont faites pour étonner les hommes même les plus instruits.

En procédant de la même manière, du connu à l'inconnu, M. Sicard a ensuite mis à la portée de l'intelligence de ses élèves, les caractères, l'usage, et l'influence de tous les autres mots qui, comme parties d'oraison, unissent, modifient et déterminent le sens du nom, du verbe et de l'adjectif.

C'est ainsi enfin que M. Sicard a rendu ses élèves capables d'analyser avec facilité les pro-positions les plus simples, comme les phrases et les périodes les plus compliquées, au moyen d'un système de figures qui, en dis-tinguant toujours le nom de l'objet qui est actif ou passif, le verbe et son régime di-rect, indirect ou circonstanciel, embrasse et explique parfaitement toutes les parties de l'oraison. L'usage de cette méthode, s'il est généralement adopté, simplifiera les règles de la grammaire dans toutes les langues, et facilitera, plus qu'aucune autre, l'intelligence et la traduction des langues anciennes et modernes.

Tel est le moyen par lequel M. Sicard a initié ses élèves à la connoissance de toutes les règles de la grammaire universelle, applicables à l'expression primitive des signes, aussi bien qu'à toutes les langues écrites et parlées.

Mais les noms ne doivent pas seulement exprimer des objets physiques ; il y en a qui représentent des objets abstraits. *Blancheur*, *grandeur*, *beauté*, *chaleur*, et plusieurs autres mots, n'expriment pas des objets qui existent individuellement dans la nature, mais les idées de certaines qualités communes à plusieurs objets ; qualités que nous considérons comme détachées des objets auxquels elles appartiennent, et desquelles nous formons des substantifs intellectuels créés par l'esprit. Aussitôt que M. Sicard eût fait comprendre aux sourds-muets que la volonté, qui détermine nos sens et nos pensées, n'est pas l'action d'un être physique qui peut être vu et touché, il leur donna le sentiment intérieur de leur âme, et les rendit propres à la société et au bonheur. L'expression touchante de leur reconnoissance prouve l'étendue de ce bienfait.

M. Sicard fit un pas de plus, et l'accès aux plus hautes conceptions de l'esprit humain fut ouvert aux sourds-muets. Il lui fut facile de les faire passer des idées abstraites aux vérités les plus sublimes de la religion.

Ils comprirent que cette âme, dont ils avoient le sentiment intérieur, n'étoit pas un être fictif, ni un être abstrait créé par l'esprit ; mais un être réel qui veut , et qui produit le mouvement, qui voit, qui pense, qui réfléchit , qui compare, qui médite , qui se souvient, qui prévoit, qui croit, qui doute , qui espère, qui aime, qui hait. Après cela , il dirigea leurs pensées vers tous les objets physiques soumis à leur vue à travers l'immensité de l'espace , ou sur le globe que nous habitons ; et la régularité du cours du soleil et de tous les corps célestes ; la succession constante du jour et de la nuit ; le retour des saisons ; la vie, les richesses et la beauté de la nature, leur firent sentir qu'elle a aussi une âme, dont le pouvoir, l'action et l'immensité s'étendent à toutes les choses qui existent dans l'univers ; une âme qui crée tout, inspire tout et conserve tout. Pleins de ces grandes idées, les sourds-muets se prosternèrent contre terre avec leur maître, qui leur apprit alors que cette âme de la nature est ce Dieu que tous les hommes sont appelés à adorer, en l'honneur de qui tous les temples sont élevés, et avec qui toutes nos doctrines et toutes nos cérémonies religieuses nous lient, depuis le berceau jusqu'à la tombe.

Tout fut fait alors ; et M. Sicard put découvrir à ses élèves toutes les sublimes idées de la religion, et toutes les lois de la vertu et de la morale.

Vous voyez, par ces détails, ce que M. Sicard a fait pour ses élèves. Leurs réponses à toutes les questions qui leur ont été faites en France, prouvent qu'ils ont suivi la route que je viens de tracer. Cette route est celle qu'un homme doué de tous ses sens, et qui veut être instruit doit suivre également. Les arts et les sciences appartiennent à la classe des objets physiques ou intellectuels ; et les sourds – muets, comme les hommes doués de tous leurs sens, peuvent les pénétrer, chacun en raison du degré d'intelligence dont la nature les a gratifiés, aussitôt qu'ils ont atteint le degré d'instruction que la méthode de l'abbé Sicard embrasse et fournit.

Maintenant, Mesdames et Messieurs, si vous voulez bien réfléchir tant soit peu sur les

difficultés excessives que présente sans cesse
ce mode d'enseignement , vous ne partagerez
pas l'opinion de quelques personnes , qui
croient que peu d'années suffisent pour rendre
les sourds-muets à la société , ainsi que pour
leur faire connoître la religion de manière à
pouvoir en partager le bienfait , et à se rendre
compte des raisons de leur croyance. Vous
comprendrez que la langue d'un peuple ne
peut jamais être la langue maternelle des
sourds-muets nés au sein de ce peuple. Toute
langue parlée est nécessairement une langue
savante pour ces êtres infortunés. La langue
anglaise doit être enseignée aux sourds-
muets comme le grec et le latin sont enseigné
dans les colléges aux jeunes Américains qui
en suivent les cours. Prenez vous-mêmes.
Mesdames et Messieurs, la peine d'interroger
les professeurs des colléges , et de leur de-
mander combien il leur faut d'années pour
mettre leurs élèves à même de comprendre
parfaitement les auteurs grecs ou latin , et
d'écrire leurs pensées en l'une de ces langues,
de manière à être compris par ceux qui la
parleroient ; et vous conviendrez avec moi
qu'il n'est pas plus difficile d'enseigner aux
sourds-muets le grec ou le latin , que de leur
enseigner l'anglais : et encore , pour ap-

(23)

prendre le grec ou le latin dans les colléges ;
les professeurs et leurs élèves ont une langue
commune qui leur sert de terme de compa-
raison, une langue acquise, une langue maternelle, qui est la langue anglaise, dans laquelle ils ont appris à penser ; tandis que les
malheureux sourds-muets, pour apprendre
l'anglais, n'ont aucune langue avec laquelle
ils puissent le comparer, aucune langue dans
laquelle ils aient l'habitude de penser. Ces infortunés n'ont d'autre langage naturel que
quelques gestes pour exprimer leurs besoins
usuels, et les actions les plus ordinaires de
la vie. L'abbé de l'Épée demandoit, pour l'é-
ducation d'un sourd-muet, dix années d'un
travail constant, et encore, après ce travail
de dix années, aucun de ses élèves n'a jamais
atteint le plus haut degré de perfection. Cela
prouve-t-il que dix années nous seront néces-
saires pour faire l'éducation complète des
sourds-mnets Américains confiés à nos soins ?
Non, Mesdames et Messieurs, car, quel se-
roit alors le bienfait de la perfection à laquelle
l'abbé Sicard a porté sa méthode, que nous
osons nous flatter de connoître assez bien ? Je
vous annonce avec plaisir que les sourds-muets
de ce pays ont beaucoup de talens naturels,
une grande facilité, une ardeur extraordinaire

pour l'étude et une application si soutenue ,
que nous devons plutôt la modérer que l'ex-
citer. Nous ne demanderons donc pas le temps
que l'illustre prédécesseur de l'abbé Sicard ju-
geoit nécessaire. Nous désirons seulement que
nos élèves puissent passer avec nous de cinq
à sept ans, (surtout s'ils viennent jeunes à
l'institution) afin qu'ils puissent faire de so-
lides progrès dans toutes les branches des connoissances les plus utiles , et qu'après un cours
d'études si pénible et si difficile , leurs professeurs aient la satisfaction de voir qu'ils n'ont
pas semé sur le sable.

Que dois-je penser de ce vain présage que
quelques personnes tirent de certains accidens
purement fortuits ! Ces oiseanx de bon ou de
mauvais augure qui s'imaginent que la vue des
sourds-muets contribue à les multiplier , je les
compare à ces esprits foibles qui craignent
d'entreprendre un voyage le vendredi, ou qui
croient que la rencontre d'une belette , une
boîte à sel renversée , ou du sel répandu sur
la table , présagent un désastre ; ou qui ont
peur des revenans , ou qui disent que lorsque
treize personnes se trouvent à table , l'une
d'elles doit mourir dans l'année.

Toutes les créatures, tous les ouvrages de
Dieu sont faits avec une perfection admirable;

et si quelques-uns paroissent imparfaits à nos yeux, il ne nous appartient pas de les critiquer. Il peut se faire que ce que nous ne trouvons pas bien, dans son espèce, tourne à notre avantage, sans que nous puissions nous en apercevoir. Levons les yeux vers le ciel : tantôt le soleil y brille du plus grand éclat, tantôt il est invisible ; tantôt le temps est beau, tantôt il est affreux ; un jour il fait chaud, un autre jour il fait froid ; hier il pleuvoit aujourd'hui il neige ou il grêle ; tout est susceptible de variation et d'inconstance. Jetons les yeux sur la surface de la terre : ici elle est plate, là elle est montagneuse, d'un autre côté sablonneuse ; ici stérile, ailleurs productive et fertile. Entrons dans un verger ou dans une forêt ; qu'y voyons nous ? des arbres grands ou petits, épais ou minces, droits ou tortus, fruitiers ou stériles. Regardons les oiseaux de l'air et les poissons de la mer ; nous n'en trouverons pas un qui ressemble parfaitement à un autre. Examinons les animaux : dans les mêmes espèces nous en voyons qui diffèrent et par la forme et par la taille ; ils sont domestiques ou sauvages, doux ou féroces, utiles ou inutiles, agréables ou hideux. Quelques-uns ont été créés pour les besoins des hommes ; d'autres pour leurs plaisirs ou leurs amusemens ; d'autres enfin ne sont d'aucun usage pour nous. On voit en eux des vices d'organisations , comme on en voit dans les hommes. Les personnes instruites dans l'art vétérinaire les reconnoissent parfaitement; mais pour nous, qui n'avons fait aucune étude de cette science , nous ne saurions les découvrir ou les remarquer. Portons maintenant notre attention sur nous-mêmes. Nos facultés intellectuelles , comme notre organisation corporelle , ont leurs imperfections. Il y a des facultés de l'esprit et du cœur que l'éducation corrige ou perfectionne ; il y en a d'autres qu'elle ne sauroit corriger. Je mets de ce nombre l'idiotisme, l'imbécillité et la stupidité. Mais rien ne peut corriger les infirmités de l'organisation corporelle , telles que la surdité , la cécité , la paralysie , la courbure, la difformité

La vue d'une belle personne n'en rend pas une autre également belle ; un aveugle ne rend pas un autre homme aveugle. Pourquoi donc un sourd feroit-il d'autres sourds? Pourquoi sommes-nous sourds-muets ? Est-ce par la différence de nos oreilles? Mais nos oreilles sont comme les vôtres. Auroient-elles quelqu'infirmité ? Mais elles sont aussi bien organisées que les vôtres. Pourquoi donc sommes-nous sourds-muets? Je l'ignore, comme vous ignorez pourquoi vous avez d'autres infirmités corporelles, et pourquoi, parmi les hommes, l'on en voit de blancs, de noirs, de rouges et de jaunes. Il y a des sourds-muets en Asie, en Afrique, comme en Europe et en Amérique. Ils existoient avant que vous parlassiez d'eux et avant que vous les vissiez. J'ai lu dans une histoire de Turquie que le grand-Sultan ne sachant que faire des sourds-muets de son empire, employoit les plus intelligens d'entr'eux à jouer des pantomimes devant sa hautesse. A l'exception de cinq ou six, les quarante-deux sourds-muets qui sont dans notre collége ne s'étoient jamais vus les uns les autres auparavaut, et ne s'étoient même pas imaginé qu'il y en eût d'autres. Leurs parens étoient probablement dans la même opinion. Ce n'est donc pas pour en avoir vu qu'on les a mis au monde. Je pense que notre surdité procède d'un acte de la Providence ; je veux dire, de la volonté de Dieu. Peut-on en inférer que les sourds-muets sont plus méchans que les autres hommes ? Doués du sens de l'ouïe, peut-être aurions-nous entendu beaucoup de mal ; peut-être aurions-nous blasphémé le saint nom de notre Créateur ; et par conséquent risqué la perte de notre âme en quittant cette vie. Nous devons donc penser que c'est Dieu qui nous a faits sourds-muets, et espérer que, dans la vie future, nous en connoîtrons tous la raison.

Toutefois, la Bible dit que les portes du ciel ne s'ouvriront que devant ceux qui auront rempli les conditions imposées par Jésus-Christ. Si donc, lorsque les sourds-muets sans éducation paroîtront devant le tribunal-suprême, on trouve qu'ils n'ont pas rempli ces conditions, ils pourront dire pour leur défense :

« Seigneur, nous désirions d'apprendre à
» vous connoître et à faire ce que vous aviez
» ordonné ; mais cela n'a pas dépendu de nous.
» Notre esprit étoit plongé dans les ténèbres
» les plus épaisses, et nul d'entre les hommes
» n'a levé, ni contribué à lever le voile qui le
» couvroit, quoique cela fut au pouvoir de
« tous ! »

Mais, non, Mesdames et Messieurs ; espérons qu'ils ne se trouveront point dans le cas de tenir ce langage. Vous êtes en paix avec toutes les puissances de l'Europe, et rien, au dehors, ne nécessite de votre part des sacrifices pécuniaires. Tandis donc que cet heureux état des choses vous permet de faire faire de grands progrès à l'agriculture et aux manu-

factures de votre pays, veuillez opérer le bien-
être de quelques centaines de vos concitoyens!
Sans doute vous devez user d'une sage éco-
nomie dans la distribution de ce secours que
des malheureux réclament de l'équité natio-
nale ; sans doute vous devez refuser votre
charité à tout établissement qui solliciteroit
votre bienveillance pour sacrifier plutôt à l'or-
gueil qu'à l'humanité ; sans doute vous auriez
bien mérité de votre patrie en arrêtant avec
fermeté les premières impulsions de la sen-
sibilité de ceux d'entre vous qui sont prêts à
donner au faste et à la magnificence ce qui ne
doit être accordé qu'aux besoins les plus ur-
gens. Mais ces vérités sont elles applicables
à un établissement comme le nôtre? je crois
pouvoir le nier. Sur deux mille sourds-muets
qui sont répandus dans toutes les parties des
États-Unis, cent environ appartiennent à l'état
de Connecticut; la plupart d'entr'eux sont nés
dans le sein de l'indigence et réduits à la plus
misérable condition ; ils sont tous privés des
charmes de la société , et étrangers au bienfait de la religion ; tous plus dignes de pitié
que ces êtres qui ne sont guidés que par l'ins-
tinct. Ces malheureux , qui ne tiennent de
l'homme que par la faculté de sentir plus

vivement, doivent-ils donc être plus long-
temps négligés et éternellement oubliés ! Ils
soupçonnent, sans doute, toute l'étendue de
la privation qu'ils éprouvent ; chaque jour ils
déplorent leur malheur; mais personne ne s'en
aperçoit, et la voix consolante de la raison
ne vient ni adoucir la rigueur de leur destinée,
ni alléger le poids de leur infortune. Ne font-
ils donc pas, comme vous, partie du genre
humain ? Les malheureux auteurs de leur
existence ne sont-ils pas Américains comme
vous? Pour n'avoir pas pénétré nos vues cha-
ritables, quelques personnes, au lieu de jeter
un regard de bienveillance sur ces êtres infortunés, se sont élevés contre notre projet ;
mais nous sommes persuadés que leurs cœurs
démentoient leur entreprise, et qu'au moment
même où elles alloient ouvrir la bouche, pour
exclure de la grande famille des hommes que
tout vous commande d'y introduire, leurs
bras se sont involontairement ouverts pour les
y retenir.

Un sourd-muet sans éducation est un homme
de la nature, qui attribue tout le bien qu'il
voit faire aux autres, à l'intérêt personnel qui
les guide; qui suppose dans les autres tous les
vices qu'il trouve dans son âme. Euclin au

soupçon, souvent il exagère le mal qu'il voit, et toujours il craint d'être la victime de ceux qui sont plus forts que lui.

En jetant les yeux sur un tableau si affligeant, n'éprouverez-vous pas, Mesdames et Messieurs, un désir violent de donner à l'art d'instruire des êtres aussi malheureux que les sourds-muets tous les encouragemens possibles? Ah! parmi toutes les connoissances que vous cultivez, en est-il une seule qui soit plus digne d'intéresser le gouvernement et ces sociétés d'hommes instruits que leur profession oblige à favoriser tout ce qui peut rendre leurs semblables meilleurs et plus heureux?

Une institution de sourds-muets de naissance, dans la Nouvelle-Angleterre, peut avoir les résultats les plus satisfaisans, et répondre à toute votre attente. En venant ainsi exposer nos projets devant une assemblée aussi éclairée que celle qui nous honore de son attention, nous ne nous sommes pas dissimulé que nous avions pour juges des personnes considérables par l'étendue et la variété de leurs connoissances; mais le désir d'enrichir de vos observations notre méthode d'enseignement, nous fait surmonter les craintes que nous avions d'abord conçues. Nous avons

cru pouvoir surtout compter sur votre indul-
gence et sur les grogrès de nos élèves, qui,
comme vous en avez été les témoins, sont les
fruits du travail d'une seule année, et de l'application la plus constante et la plus assidue.

LAURENT CLERC.

FIN.